IVAR DA COLL

HISTORIAS DE
Eusebio

BABEL

torta
cumple

de
anos

Al despertar, Horacio
se acuerda de Úrsula,
que cumplió años hace poco.
En una canasta, empaca
algunas frutas y se va
de prisa a casa de su amiga,
antes que cumpla más años.

Encuentra a Úrsula
picoteando granitos de
maíz en el patio. Se dan
pronto un fuerte abrazo.
—Es por tu cumpleaños,
que todos olvidamos
—dice Horacio.
—Más vale tarde que nunca
—dice Úrsula.
Un beso aquí, un beso acá,
y Horacio se va.

Hablando de cumpleaños,
Úrsula se acuerda de
Eulalia, que cumplió
años hace poco.
A la canasta de frutas,
agrega huevos y se
va de prisa a casa de
su amiga, antes que
cumpla más años.

Encuentra a Eulalia
barriendo las hojas secas.
Se dan pronto un
fuerte abrazo.
—Es por tu cumpleaños,
que todos olvidamos
—explica Úrsula.
—Sabía que te acordarías
—dice Eulalia.
Un beso aquí, un beso acá,
y Úrsula se va.

Hablando de cumpleaños,
   Eulalia se acuerda de
   Camila, que cumplió
   años hace poco.
A la canasta de frutas
   y huevos, agrega crema,
   leche y mantequilla,
   y se va de prisa a casa
   de su amiga, antes
   que cumpla más años.

Encuentra a Camila
suspirando en la ventana.
Se dan pronto un fuerte
abrazo.
—Es por tu cumpleaños,
que todos olvidamos
—explica Eulalia.
—¡Qué alegría que te
acordaste! —dice Camila.
Un beso aquí, un beso acá,
y Eulalia se va.

Hablando de cumpleaños,
Camila se acuerda de
Ananías, que cumplió
años hace poco.
A la canasta de frutas,
huevos, crema, leche y
mantequilla, agrega
azúcar y se va de prisa
a casa de su amigo, antes
que cumpla más años.

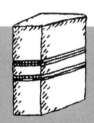

Encuentra a Ananías
   nadando en el lago.
   Se dan pronto un
   fuerte abrazo.
—Es por tu cumpleaños,
   que todos olvidamos
   —explica Camila.
—No te preocupes,
   a todos nos pasa
   —dice Ananías.
Un beso aquí, un beso acá,
   y Camila se va.

Hablando de cumpleaños, **Ananías** se acuerda de **Eusebio**, que cumplió años hace poco. Las frutas se han maltratado con tanto ir y venir y **Ananías** las prepara en compota y las envasa en pequeños frascos.

Con la canasta repleta de
    huevos, mantequilla, crema,
    leche, azúcar y frascos
    de compota, se va de prisa
    a casa de su amigo, antes
    que cumpla más años.

Encuentra a Eusebio
peinándose los bigotes.
Se dan pronto un fuerte
abrazo.

—Es por tu cumpleaños,
que todos olvidamos
—explica Ananías.

—¡Qué felicidad!
—dice Eusebio.

Un beso aquí, un beso acá,
y Ananías se va.

Hablando de cumpleaños,
     Eusebio no se
        acuerda de nadie.
"Haré una torta de
        cumpleaños".
Va a la cocina y se
        acomoda el delantal.

En un recipiente,
cierne una libra
de harina de trigo,
agrega una libra
de mantequilla

y amasa lentamente,
añadiendo uno
por uno doce huevos,
una libra de azúcar y
una cucharadita de

polvo de hornear. Deja reposar un rato, luego vierte todo en un molde previamente

engrasado con mantequilla y lo lleva al horno durante 45 minutos, a 350 °C.

Un rico aroma se esparce
    en el aire.
El olor va llegando a todos.
¿Qué huele tan bien?
Los amigos se acercan
    a la ventana.
Eusebio decora la torta.

Eusebio va al comedor.
¿Y quiénes están allí?
Horacio, Úrsula,
Eulalia, Camila
y Ananías, sentados
y relamiéndose,
esperando la torta.

gara

bato

La mañana es tan hermosa, tan limpia
y alegre, que **Eusebio** decide pintar.
Se acomoda los bigotes y fija un papel
con cintas a una tabla. Coge los lápices,
el borrador, el sacapuntas y se va.
¡Qué preciosa mañana!
Eusebio no se cambia por nadie.

A la entrada del bosque, Eusebio se sienta
y va a trazar las primeras líneas cuando
aparece Úrsula, alborotada y feliz.

—¿Y tú que haces? —pregunta Úrsula.
—Quiero dibujar.

—¿Y qué tan bien lo haces?

—Como un maestro —dice Eusebio, parpadeando con humildad.

—Entonces dibuja un retrato mío —dice Úrsula—. Hoy me siento hermosa. Fíjate sobre todo en mi cresta, mi pico y mis ojos.

—Por favor, no te muevas.

—Seré una piedra hasta el final —promete Úrsula.

Úrsula posa sentada y quietecita junto al árbol y Eusebio, muy atento, se dedica a dibujarla.

Pero de repente Úrsula se alborota.

—Dejé un huevo cocinando en la estufa
—exclama—. Y si no voy volando
se me puede quemar.

Úrsula se despide y Eusebio
todavía no ha borrado las
primeras líneas cuando llega
Ananías.

—¡Pero qué bien dibujas!
—dice Ananías.

—Como todo un maestro
—dice Eusebio con humildad
y se rasca una oreja.

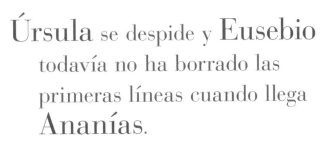

—Entonces dibuja un retrato mío
—dice **Ananías**—. Acabo de
bañarme en el lago y me siento
simpático. Sobre todo, fíjate en
mi cuello y mi patita derecha.
¿No te parecen graciosos?
—Tus deseos son órdenes, mi querido
Ananías. Por favor, no te muevas.
—Seré una estatua hasta el final
—promete **Ananías**.

Pero de repente **Ananías** se asusta.

—Dejé abierta la llave del lavaplatos y
se inundará la casa —dice—. Yo sé
nadar, tú sabes, pero los muebles no.
¿Y qué voy a hacer con los muebles
ahogados? Tú entiendes…

Ananías se despide y corre. **Eusebio** comienza a borrar cuando aparece **Eulalia**, muy elegante y perfumada.

—¿Y tú qué haces? —pregunta **Eulalia**.

—Una obra maestra —dice **Eusebio** con humildad y se rasca la otra oreja.

Te voy a ayudar, amigo
—dice Eulalia—. Dibuja un
retrato mío, pues hoy me siento
dichosa. Fíjate en mis cuernos,
mis orejas y mi cola. Con una
modelo como yo, cualquiera
hace una obra maestra.

—Tus deseos son órdenes, Eulalia
de mi alma —dice Eusebio—.
Por favor, no te muevas.

—No daré un suspiro hasta el final
—promete Eulalia.

Pero de repente **Eulalia** se inquieta.

—¿Quedó cerrada o abierta? —dice.

—¿Qué cosa?

—La puerta, **Eusebio**, la puerta. No sé si al salir cerré bien —dice **Eulalia**—. ¿Y las ventanas? ¿Qué me dices de las ventanas? Si el viento entra, se lleva la carta que le estoy escribiendo a **Camila**. Ya casi la termino. He escrito muchas páginas. Mejor me voy. Otro día seguimos con nuestra obra de arte.

Llega **Camila** y al despedirse
   Eulalia le cuenta que le enviará
   una carta de diez páginas y que por
   favor se la responda de inmediato.
—Es mejor que dibuje otra cosa:
   flores, árboles, nubes
   —dice **Eusebio**—.
   Pero no retratos.

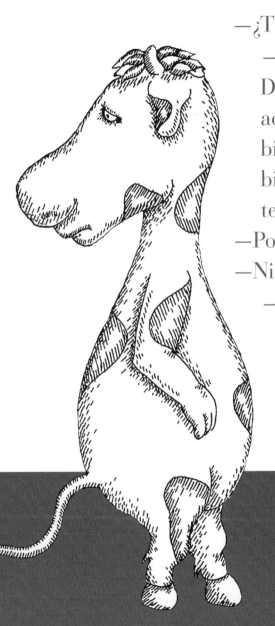

—¿Tú haces retratos?
—pregunta **Camila**—.
Dibuja un retrato mío,
acabo de bañarme los
bigotes. Fíjate en mis
bigotes y mi cola. ¿No
te parecen hermosos?
—Por favor, no te muevas.
—Ni siquiera parpadearé
—promete **Camila**.

Camila posa junto a la piedra.
La mañana es deliciosa, suave
y fresca, y va cerrando los ojos
hasta quedarse profundamente
dormida. Sueña con la carta de
Eulalia, que la invita a comer
dulces de leche, y se saborea.
—Camila, despierta, así no
puedo dibujarte…
Pero Camila, tan ocupada en los
dulces del sueño, no responde.

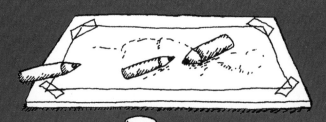

"No siempre se hace lo que se quiere
—suspira Eusebio—. Voy a borrar
todo esto y trataré de dibujar unas
flores, unos árboles, unas nubes".
—Un momento —dice Horacio,
que acaba de llegar—.
Déjame ver.

—No es una obra maestra… —dice Eusebio
con humildad, rascándose las orejas.
—Es bastante gracioso —dice Horacio—.
Pero sí que es bastante gracioso.
Horacio se muere de risa.
—¿Sabes que sí? —dice Eusebio—
No lo había notado.

La risa de **Horacio** es tan fuerte que
Camila se despierta.

Úrsula, que ya preparó el
huevo del desayuno, se acerca.
Y casi al instante también
Ananías, que cerró la llave
del lavaplatos, y **Eulalia**,
que aseguró puertas y ventanas.
Todos se mueren de risa.

—Mi cresta es preciosa
—dice **Úrsula**.

—No tanto como mi pata
—dice **Ananías**.

—Lo mejor son mis cuernos
—dice **Eulalia**.

—¿Y qué tal mi cola?
—dice **Camila**.

Este es el mejor retrato, un hermoso
 garabato —dice Eusebio, entre
 risa y risa.

—Una obra maestra —dicen todos.

—No lo puedo negar —dice Eusebio.

Y, humilde, se rasca las orejas.

No se cambia por nadie.

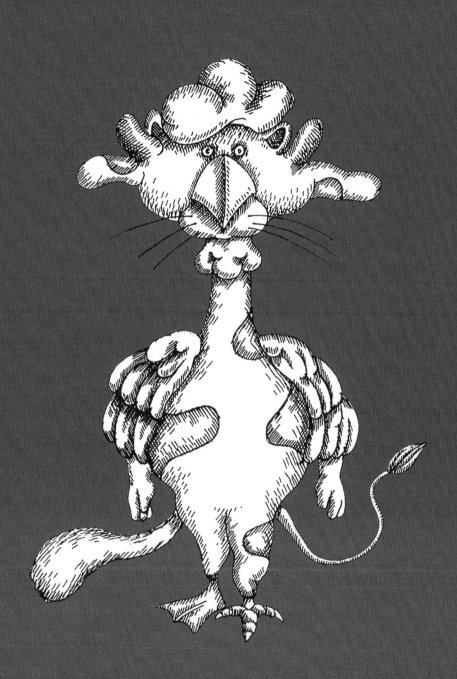

tengo
miedo

Es hora de dormir...

Hay tanto silencio que se siente el
murmullo del viento entre los
árboles.

Todo está oscuro.

Sólo unas pocas estrellas acompañan
a la luna en el cielo.

Eusebio no se puede dormir.

Tiene miedo.

—¡Ananías! ¡Ananías!
¿Estás dormido? —pregunta
Eusebio muy bajito.
—No, aún no —responde
Ananías—. ¿Qué te pasa?
Eusebio le cuenta por qué no
puede dormir tranquilo.

—Tengo miedo...

De los monstruos que
tienen cuernos...

De los que
son transparentes...

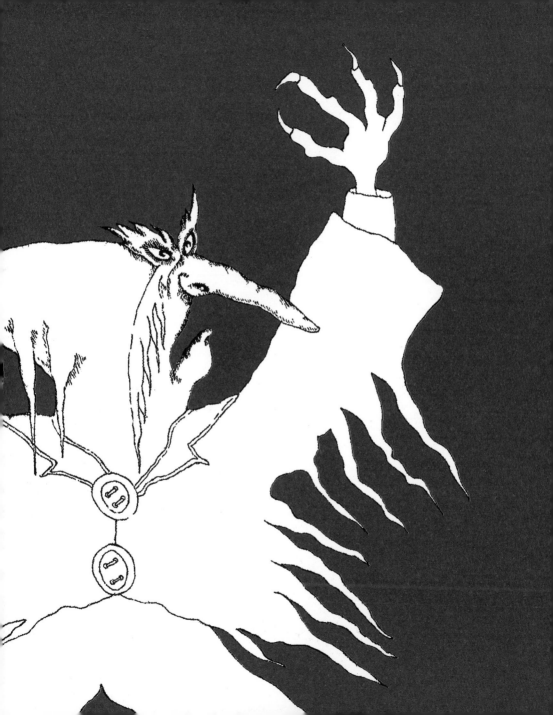

De los que
tienen colmillos...

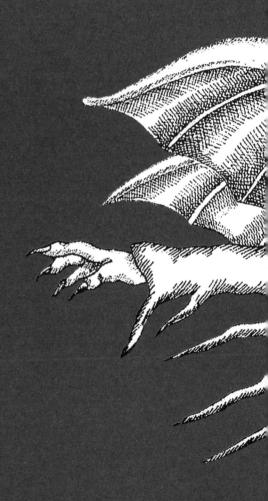

De los que
    vuelan en escoba y
    en la nariz les nace
    una verruga…

De los que
   se esconden en
   los lugares oscuros
   y sólo dejan ver
   sus ojos brillantes…

De los que
escupen fuego…

De todos, todos esos
    que nos asustan,
    tengo miedo.

—Te entiendo —dice **Ananías**—.
Ven, siéntate a mi lado y
deja que te cuente algo.

—Sabías que…

Los que
escupen
fuego…

Los que
se esconden
en los lugares
oscuros y
sólo dejan
ver sus ojos
brillantes…

Los que
vuelan en
escoba y
tienen una
verruga en
la nariz…

Los que
tienen
colmillos…

Los que
son blancos,
muy blancos,
tan blancos
que parecen
transparentes…

Los que
tienen
cuernos…

También deben lavarse los dientes antes de ir a dormir.

A veces no les gusta la sopa.

Se bañan bien con agua y jabón.

Les da miedo cuando sale el sol.

Prefieren los helados de muchos sabores.

Y les gusta mucho jugar a la pelota.

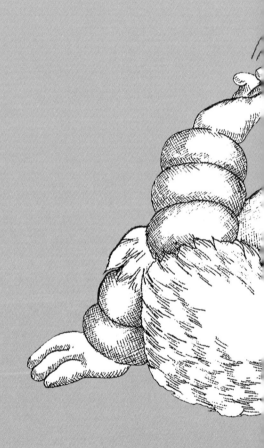

—¿Es cierto todo eso?
—pregunta Eusebio.

—Claro que sí —responde
Ananías.

—¿Sabes? Ya no tengo
miedo. Ahora me
voy tranquilo a dormir
a mi cuarto.

—Hasta mañana,
Eusebio.

—Hasta mañana,
Ananías.

Historias
de Eusebio

© Ivar Da Coll, 1990

© 2015 Babel Libros

1ª EDICIÓN abril de 2015

Calle 39A N° 20-55, La Soledad
Bogotá, Colombia
PBX 2458495
editorial@babellibros.com.co
www.babellibros.com.co

EDICIÓN
María Osorio

ASISTENTE DE EDICIÓN
María Carreño Mora

REVISIÓN DE TEXTOS
Beatriz Peña Trujillo

DISEÑO Y MONTAJE
Camila Cesarino Costa

RECORTES
Sandra Ospina

ISBN 978-958-8841-90-8

IMPRESO EN COLOMBIA POR
Panamericana Formas e Impresos S.A.